L'EMPIRE,

Ode à Napoléon,

PAR

VICTOR CHARLES.

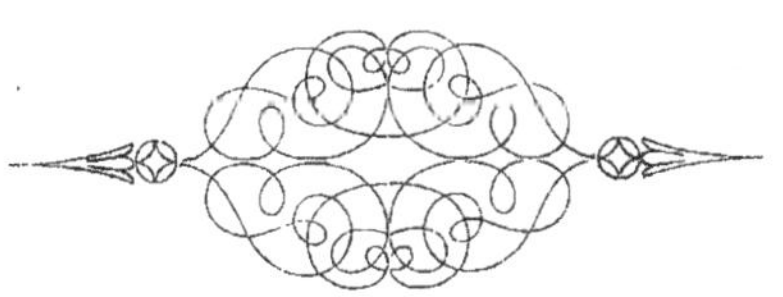

DÉCEMBRE 1852.

L'EMPIRE,

Ode à Napoléon,

PAR

VICTOR CHARLES.

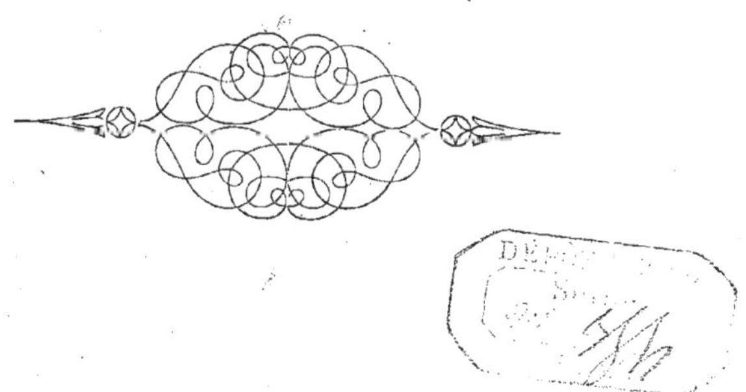

DÉCEMBRE 1852.

PARIS. — TYPOGRAPHIE PLON FRÈRES, IMPRIMEURS DE L'EMPEREUR,
Rue de Vaugirard, 36.

La pièce de vers qui suit n'est qu'un extrait d'un poëme lyrique sur les événements accomplis en France depuis la révolution de Février. Deux chants ont déjà paru. Nous détachons aujourd'hui de ce travail, en partie inédit, une des odes intitulée l'Empire, pour la livrer à la publicité.

Dans cette œuvre, où se pressent tant de choses contemporaines, l'auteur aspire à se dégager des partis, à juger les hommes et leurs actes avec la sereine impartialité de l'histoire. Certes, il comprend combien cette voie est ardue et difficile à tenir, mais il se rassure en songeant aux encouragements qu'il a recueillis dès ses premiers pas. Parmi ces témoignages de sympathie, il en est un surtout dont il se montre fier et heureux, c'est celui de notre grand poëte, de l'homme qui, par sa parole et son courage, a conservé à la France son drapeau, sa gloire et son avenir.

Voici en quels termes M. de Lamartine a daigné accueillir les premiers essais de l'auteur :

« Monsieur,

» Je reçois votre beau poëme, il console ma solitude et ma » maladie.

» L'histoire est plus juste que les contemporains, l'épopée est » plus clairvoyante même que l'histoire. Le poëme devance le récit, » parce que le poëte a le *mens divinior*. Puissiez-vous être le *vates* » de mon nom si glorieusement inscrit dans vos strophes !

» Je ne suis rien, et je n'ai été que le caillou qui retient le char » précipité au bord des abîmes ; mais vos vers enchâssent ce caillou » dans l'or, et d'un accident vous faites de la gloire.

» Recevez mes remerciements comme si je vous les adressais de » mon sépulcre, car vous avez été pour moi indulgent comme la » mémoire et clément comme la postérité.

» LAMARTINE.

» Monceau, 1er janvier 1850. »

L'EMPIRE.

Glorieux conquérant, toi qui, de ton épée,
Inscrivis sur le monde une grande épopée
    Étincelante de combats;
Toi qui, de la Baltique aux colonnes d'Hercule
    Et de la Seine à la Vistule,
    Étendis tes vastes États;

O Napoléon, toi, dont l'étoile splendide
Un jour tomba des cieux et nous laissa sans guide,
Vaincus, brisés par l'ouragan ;
Toi qu'un royal congrès, par delà l'hémisphère,
Étreignit sur un coin de terre,
Au fond des flots de l'Océan ;

Tu viens revoir enfin ton Paris, ton royaume,
Et ton arc triomphal, et ta place Vendôme,
Et tes vieux bataillons d'airain.
Te voilà ! Tu descends de ce sanglant Calvaire,
Où les rois effarés jadis dans leur colère
Clouèrent ton pied souverain !

L'Empire recommence ! — Au milieu de l'abîme,
Tu compris ta fortune, et ton regard sublime
Se releva vers l'avenir.
Oh ! tu savais qu'un jour nos justes représailles
Réhabiliteraient, ô géant des batailles !
Ton magnifique souvenir !

Tu savais qu'à tes pas les haines acharnées
S'éteindraient sur la tombe, et qu'avec les années
    Ton nom grandirait toujours.
Puis, tu comptais aussi que, sur ta renommée,
    Les débris de ta Grande-Armée
    Veilleraient dans nos mauvais jours.

Tes braves vétérans, mutilés par les balles,
Qui foulèrent aux pieds toutes les capitales,
    Auraient-ils trahi leurs exploits?
Ne conservaient-ils point au fond de leur poitrine
    Ta gloire restée orpheline?
    Avaient-ils peur de quelques rois?

Eh quoi! mais que pouvaient ces têtes couronnées,
Qu'on vit, à tes genoux si souvent inclinées,
    Implorer un de tes regards?
Est-ce qu'elles traînaient un cortége de gloires?
L'univers était-il semé de leurs victoires?
    Qu'avais-tu fait à ces Césars!

Tu les avais tenus trop longtemps en lisière ;
Ils étaient fatigués d'être dans la poussière ;
De se voir tes humbles vassaux.
Ils voulaient assouvir leur implacable haine,
Renverser et broyer ta grandeur surhumaine
Et t'envelopper de réseaux.

Aussi brisèrent-ils ton puissant diadème,
En te couvrant de boue, en frappant d'anathème
Ta famille et tes vieux guerriers !
Aussi souillèrent-ils les pages triomphales
De tes gigantesques annales
Où brillaient tes sanglants lauriers !

Inutiles efforts ! Leur vengeance est passée,
Et maintenant ton nom vit dans toute pensée,
Indestructible et radieux !
Tu peux, ô conquérant ! tu peux lever la tête :
L'avenir n'a plus de tempête ;
Ton étoile remonte aux cieux !

La France, pauvre et languissante,
A l'anarchie, à la terreur
Descendait. — Une main puissante
La saisit... C'était l'Empereur!
C'était lui! c'était son génie,
Sa voix, sa force rajeunie,
Qui reprenait nos grands destins!
Puis, pour transformer l'arbitraire
En droit, sur ce nouveau Brumaire
Il interroge les scrutins.

Sept millions d'hommes répondent :
« Oui, oui! vive Napoléon! »
Tous s'unissent et se confondent
Pour porter aux cieux ce grand nom.
Oh! ce nom a sauvé la France!
C'est notre signe d'espérance!
C'est le moderne labarum!
Devant ce nom que tout s'efface!
Qu'à lui seul il tienne, il remplace
Et la tribune et le forum!

Certe, il est beau de voir, d'entendre
La parole se dérouler
Frémissante, monter, descendre,
Puis, comme la foudre éclater ;
Mais quand ce son reste stérile,
Mais quand la discorde civile
Vient s'allumer à ces accents,
Mais quand, dans ces bruyants délires
De voix, succombent les empires
Les plus beaux, les plus florissants ;

Il faut un suprême remède...
Le silence !... — Alors, aux discours,
Aux vains mots, l'action succède,
Et l'avenir luit plein de jours.
— Mais déjà l'aurore commence ;
Elle s'étend, sereine, immense,
Nous couvrant de ses vifs reflets.
Les réformes de vingt années
Éclosent en quelques journées ;
Chaque heure est grosse de progrès !

Ici, la rude Agriculture,
La nourrice des nations,
Qui ployait en deux sous l'usure,
Les charges, les privations,
Par le long Crédit protégée,
De son faix se dresse allégée
Dans l'abondance et les moissons.
A sa poitrine ronde et belle,
A sa ruisselante mamelle
Pendent ses riches nourrissons.

Là, c'est la superbe Industrie
Qui se réveille avec ardeur.
Le chômage l'avait flétrie,
Le travail lui rend sa splendeur.
A flots le bronze et le fer coulent;
Sur les rails les machines roulent
Dans toutes les directions;
La parole qu'on électrise,
Court de la Seine à la Tamise
En rapides commotions !

Le riche ne prend plus l'allure
Du pauvre : au grand jour il jouit.
Le Commerce aussi se rassure,
La boutique s'épanouit.
Les Arts négligés se relèvent,
Paris et le Louvre s'achèvent
Dans d'immenses constructions.
Enfin, la Rente est convertie,
La dette publique amortie
Par centaines de millions !

Quand l'étranger sur nos rivages
Abordait, dès son premier pas
Il rencontrait d'affreux visages,
De sombres troupeaux de forçats.
Et nous lui donnions en spectacle
Le bagne ; l'impur réceptacle
De nos hontes, de nos forfaits !
Quand un brigand rompait sa chaîne,
Nos cités étaient à la gêne
Dans ses noirs et sanglants projets.

Ces hommes flétris par le crime
N'agitent plus notre repos :
Entre leur haine et leur victime
S'étend l'immensité des flots.
Eux, dont la vie était fermée,
Voient l'espérance bien-aimée
Sur un nouveau sol refleurir.
Ils vont sur cette terre amie
Se racheter de l'infamie,
Travailler et se repentir !

La religion de nos pères
D'un lustre nouveau resplendit :
L'Église suit ses lois austères,
Et le Concile reverdit.
La jeunesse, au sein des écoles,
De sa foi reçoit les symboles ;
Du Christ elle écoute la voix ;
Et Rome, la ville éternelle,
A ses grands destins infidèle,
Rentre sous l'ombre de la croix.

Napoléon, c'est ton ouvrage!
Et tu veux nous en couronner!
De ton cœur donne-nous un gage :
Prince, il te reste à pardonner...
Mais quel est ce cri de discorde
Et de mort?... Quoi! pour toi la corde,
Le fusil, le sanglant panier!...
Des vengeurs la poudre s'allume!...
— Non, ce sont des Brutus de plume,
Des démocrates de papier.

La France a prononcé : son vote vous écrase,
Parti des Ravaillacs! poignardez dans la phrase,
Répudiez Arcole, Austerlitz, Friedland!
Déchirez en lambeaux l'Empire et son histoire!
Faites, faites!... Voilà l'Empereur dans sa gloire!
O nains! contemplez le géant!

Aux jours de nos revers, les Anglais, les Cosaques
Le poursuivaient ainsi de leurs lâches attaques.
Pour être citoyens, n'êtes-vous plus Français?
Mais Napoléon, c'est le Code magnifique,
L'organisation, la patrie héroïque,
      Enfin, la splendeur dans la paix!

Notre ciel est d'azur. Une superbe phase
S'ouvre devant nos yeux. Rassise sur sa base,
La France a déposé le glaive du combat.
Mais pourtant, elle écoute, elle veille en silence,
Et l'on sent que ses flancs, mus avec violence,
      Travaillent, et que son cœur bat.

Comme une vaste ruche, elle est partout à l'œuvre :
Sa jeune armée au feu s'apprivoise et manœuvre
Aux pieds du grand Atlas, sur les sables mouvants ;
Dans ses ports trop petits les hauts vaisseaux se pressent.
Lui faut-il des soldats? Sous ses drapeaux se dressent
      Six cent mille de ses enfants!...

Napoléon, vois-tu, des maisons pavoisées,
Les têtes déborder à toutes les croisées,
Et jeter des vivat, des cris ardents d'amour ?
Entends-tu les canons à la gueule grondante
Se répondre ? Entends-tu la fanfare enivrante
    Et de la cloche et du tambour !

L'antique Notre-Dame ouvre sa vaste enceinte ;
Le Vicaire du Christ te verse l'huile sainte ;
Il te confère et droit, et force, et majesté !
Entre tes ennemis et toi Dieu s'interpose !...
Mais qui donc oserait flétrir l'apothéose
    Que couronna l'adversité ?

PARIS. TYPOGRAPHIE PLON FRÈRES, IMPRIMEURS DE L'EMPEREUR, RUE DE VAUGIRARD, 36.